當代詩大系 8

錯覺

李風 著

博客思出版社

何為錯覺——前言

李風

人生中有無數錯覺的經驗，所謂錯覺，就是一種錯誤的判斷。細究錯覺的成因，可大致分為兩類：一是「覺」（覺知能力）本身的缺陷，譬如知識、經驗的不足，導致對事物判斷時受限於此不足的主觀能力。二是即使有足夠的能力，卻因受到主觀好惡、期待的心理作用影響，而使判斷發生偏差。前者或可類比於「智商」或「腦」的問題，而後者比於「情商」或「心」的問題。智商或腦的問題一般是有其客觀的限制，或受生理發展上的限制，或受教育學習機會的限制，不完全操之在我。情商或心的問題則在理論上是可以完全操之在我的，只是取決於人自己的選擇。

可能很多人會質疑「情商」與「心」怎麼可能是由人自己選擇的，人有情緒、有喜怒哀樂愛惡畏，這些難道也都是人自主選擇而有的嗎？要回答這個問題，我們必須先釐清一下什麼叫作「可以選擇」和什麼是「不能選擇」。我試著這樣定義：如果人經由運作他自己的心，不管用什麼方式，不論困難或容易，可以使一件事物產生或消失，那麼這樣的事物的存在與否就是「可以選擇」的。道理很簡單，如果你能決定要不要有一件東西存在，而結果你讓它存在了，那麼它的存在就是你自己所選擇的。反之，如果人完全不可能透過運作他自己的心而改變一件事物的存在，那麼這件事物就是「不能選擇」的。依據這個定義，我的體驗是：凡所有跟心、情緒、情感相關的事物都屬「可以選擇」，因為它們都是「心」的產物，都在一心之內，不是客觀的存在，所以都受到「心」的主宰。選擇或許很不容易，但並非絕不可能。

舉一個簡單的例子：假如你看到一盒香甜可口的冰淇淋，立刻就產生了要去品嚐它的欲望。試問：這一個欲望可不可能突然消失？如果你認為不可能，那麼假設旁邊有人告訴你這盒冰淇淋有毒，吃了會死。這時那個欲望還在嗎？如果你認為雖然理智上知道不能吃，但情感上吃它的欲望還在，那麼假設在你身後突然出現了一隻老虎，朝你怒吼撲來，在這生死交關的當口，你還有吃冰淇淋的欲望嗎？我想是沒有了，即使無毒而且免費贈送，你都不想吃了。為什麼？因為你的心已經被當下的危機所佔據，吃冰淇淋的欲望從你的心中悄然退位了。它就這麼無聲無息的、莫名其妙的、好像變魔術般的，頓時無影無蹤了。回顧這段欲望消失的歷程，從頭到尾都是一場「心的運作」，是你的心決定了那個欲望要不要存在。既然你可以透過運作自己的心，來決定吃冰淇淋的欲望存不存在，那麼這個欲望，很顯然，是你「可以選擇」的。

雖然所有與「心」、「情」相關的事物，它們的存在與否，在理論上都取決於人自己的選擇，但是在多數時候，人都「選擇」了讓它們存在，並且承受了這個選擇的後果，即使後果未必美好。如果按照道家的學說，萬事萬物都是相對的。老子說：「天下皆知美之為美，斯惡矣。天下皆知善之為善，斯不善矣。」所以凡美好的必伴隨醜惡，凡喜樂必伴隨悲苦，凡有得則必有失，人不可能只選擇其一而不承受其二。既然如此，人為什麼還要選擇某些情感、情緒的誕生和延續？有些原因顯而易見，有些則深沉隱微。譬如吃冰淇淋一例，原因很明顯：因為見到了「可欲」。但是為什麼冰淇淋令人可欲，這背後的深層原因是人本身的「不足」，譬如口渴。假如一個人剛剛喝水喝得飽飽的，那麼他就不會覺得冰淇淋有那麼「可欲」了，甚至可能還覺得反胃。而一般人只看到那表層的原因，卻忽於深究其根本。如果凡事都深究其根本，就能發現事物的本質和源頭，從而比較能主宰自己的心與情。

凡是屬「心」的事物，嚴格的說，都是人可以自主選擇的。「錯覺」的產生，基本上也是人自己的選擇。因為你想要有那樣的感覺，所以你就有了那樣的感覺。至於事實究竟如何，往往不是你當初所考慮的。換句話說，你「選擇」了「跟著感覺走」，而不是「跟著事實走」。而當你的感覺已經形成、鞏固，而想要尋求事實的發展，卻發現事實不如預期，你就面臨了第二次的選擇。究竟是要接受事實，承認是一場錯覺，還是要拒絕事實，繼續相信自己的錯覺？

我自己在感情上有過多次錯覺的經驗，也看過多次交往的對象對我的感覺是一種錯覺。曾經有一位女孩熱烈的愛上我，但是當時我卻很清楚她所愛的並不是真正的我，而是她自己想像出來的、一個她自己夢幻的寄託。因此當有一次她問我：「你會愛我多久？」我由衷的回答：「我會愛妳到妳不愛我的一天。」僅僅一年後，她幡然覺悟我並不是她所認為的那個人，濃烈的愛情頓時消散。

我自己也曾對某一位女孩產生過非常「逼真」的錯覺，因為每一次相處，雙方都非常、非常投契而歡樂，那種默契和快樂是真實的，騙不了人。以致於我不得不屢次否定自己對於「這是一場錯覺」的判斷，而選擇了相信我與她是「天作之合」，註定要相愛的。當時她卻表現出一種我無法理解的冷靜，評論說那只是一種「氛圍效應」。她最終離我而去，留給我一顆受傷的心和不解的謎團。多年後我與她意外重逢，兩人都早已各自婚嫁。或許是人生的歷練比較豐富了，在那短短的寒喧中，我卻突然發現她的「本來面目」，她的心性、氣質，其實都不是我當年所熱愛的那個她。我的未解之謎和未癒的傷心就在那一刻全部解脫了。

如果檢討為什麼我當年那麼真實的感覺卻是一種錯覺，答案是：因為我當年所看到的她只是她多種面向中的一個，而且這一個面向還是在當時一種特殊情境下的特殊表現，與真實、完全的她有很大的距離。我想，她當年一定也看出了這一點，所以認定我們不可能有結局，而選擇了離去。現在回想起來，她的決定是正確的，因為她比我冷靜、理智，她看得比我清楚。正如同我比那位熱愛我的女孩冷靜、理智，清楚的看到我不是她所熱愛的那個人。

這些歷練讓我更深刻的認識到我們人的理性、認知與判斷是多麼的脆弱而經不起考驗。只有在「心不動」時才可能看清楚事實真相。而當「心動」時，我們是盲目的，我們傾向於欺騙自己而毫不察覺。而我們為什麼心動？因為我們或有意、或無意的覺得自己缺少些什麼，因而也就有意無意的在期盼些什麼，而當一件「乍看來貌似」的事物出現時，我們就不由自主的把內心的期盼和那件事物聯繫起來，賦予它過多的聯想，開始了一場「錯覺」之旅。最終，我們不僅徒勞一場，而且承受了無謂的失望、痛苦的磨難。是誰傷害了我們？不是別人，是我們自己。如果我們被別人所欺騙，那也一定是我們同時欺騙了自己。如果我們沒有欺騙自己，其實沒有人能欺騙我們。

「錯覺」是這部詩集的第一首詩，它所描述的是我的一場錯覺之旅，描寫錯覺當中的沉迷、挫折、懷疑與痛苦。然而，最終仍須克服心靈的傷痛，而強迫自己承認這是一場錯覺，從而走出自己編造的幻景迷宮，還自己以清醒澄明。

二〇一四年三月三〇日

感恩的心情——自序

李風

記得生平第一首詩寫於十三歲國中一年級時，詩名是「無題」，也收錄在本書裡。是表達一個古人坐大船過長江到江東，看到山嶺上遍佈枯黃的花葉，不由秋意塞胸的感受。一個十三歲的從沒離開過台灣的孩子，怎麼會產生一個成年古人過長江的那種感受？我不知道。這究竟是要表達什麼寓意？我也不清楚，所以叫「無題」。但是這種對秋天的特殊感受，那種冷颼颼卻又溫暖、蕭索卻又自由、淒涼卻又欣喜的，一種矛盾而難以名狀的、令我沉醉的感受，卻從此貫穿我的一生，也貫穿我所寫的詩。

我把我生活中的感受寫成詩，我的詩都是我真實感情的流露。它們不是文學、不是作品、不是藝術、不是技巧，它們只是我的心情，以詩的形式呈現出來罷了。我極少是為寫詩而寫詩，我是為表達心情而寫詩。也因為如此，我一向以為這些詩是只屬於我和我的詩友、或者詩中感情的對象，只對這極少數人有意義。也因此，我一直沒有認真嘗試發表自己的詩。

隨著歲月流逝，我漸漸意識到人生是很短暫的，那麼就想到一個問題，我的這些作品是不是也該把它整理整理，發表出來，留在人世間。它如果只屬於我，隨著我的生命而生滅，沒有給別人看到的機會，是不是很可惜？

在二〇一四年二月我的好友秦志生和韓波伉儷看到我的幾首詩，覺得這些詩所傳遞的感情觀頗有一些對其他人的參考價值，應該發表出來，讓更多人分享。在這鼓勵之下，我也開始意識到，這些詩雖由我寫出來，但它們並不是我一個人的財產，而應該是屬於全社會的。所以，我決定嘗試出版。

博客思出版社的編輯在我寄出稿件樣品後第二天就跟我聯繫，希望看到全部稿件。我很驚訝並敬佩博客思的超級效率。後續的聯繫非常快速而順利，於是這本詩集就面世了。

這本詩集的問世是許多人共同的貢獻，是我的朋友們，觸發我動筆的各種環境與情境，是那些帶給我快樂的，或者帶給我煩惱、悲傷的人和事，沒有他們就不會有這些詩。也是那些歷代偉大的詩人、詞客教導了我如何把感情用文字表達出來。也是我的老師們、我所受的教育，和我所有讀過的書的作者，以及生養教育我的親愛的父母，帶給我生命，並且給了我累積的知識，構成了我寫詩的基本條件。當然，若沒有這廣闊的天和地，和從中孕育的文明社會，所有這一切都無從談起。所以，這些詩其實是「他們」的集體創作，而我，只不過是「他們」所使用的一支筆而已。既然如此，我又怎麼能把它私藏起來，據為己有呢？所以，我以完全恭敬、感恩的心情，把這一部「他們」的作品，藉由博客思出版社的協助，呈獻並歸還給他們。到此，我的工作也終於完成。

二〇一四年三月三〇日

評李風詩

韓波

詩人與我夫婦是多年好友，久居海外有暇常小聚品茗敘談，有緣一睹詩人的作品。因是熟人，認識便更為深刻。詩人不僅對文學，藝術，哲學，宗教，科學都有所追求而且多情善感，有句話說得好：「唯大英雄能本色，是真名士自風流」。正因此詩人會寫出不少青年時留下的意氣與情愫。之所謂業廣惟勤，功崇惟志，這也就是詩人會在不同領域：老莊理論，佛教典章，金融實戰，幸福家庭中都有所建樹。

作者的詩作涉獵較廣，情詩是詩人的主要與精彩部份，詩作充滿了情景與情感的趣味，用詞巧妙無華，有古詩之幽幽，如野花般散發出無拘無束的單純。

體會細膩，語言貼切，情景具體，淡淡的渲染出愛戀帶來的愉悅與憂傷。此外還富含哲理，全無往常詩中出現的執著與主觀，也無山盟海誓、熊熊烈火般征服之意，卻深深地讓讀者嚮往這種平等、自然、倍受珍惜的體會。真摯而不帶佔有的霸道，舍棄時也全無絕望的晦暗，更沒有承諾與拒絕的負擔。頗有幾分道家的恬淡達觀，給讀者一種隨緣由性，盡享天賜的感受。

詩人運用情景描寫能讓讀者進入一種親身感受的氛圍，你會從他的詩中找到自己的嚮往、矛盾與幸福，自己想傾訴的話語和淒美的哀傷。也能從他的詩中學會去珍惜與放棄，還會從無悔中體會與欣賞。總之你會受詩的感染，重回青春的歲月，重溫愛人的親密，回味秋波的動蕩，原諒因分離與無緣造成的傷害，略有司馬大人評說《詩經》之風韻：「好色而不淫，怨誹而不亂。」

當然蓮花出水有高低，一些青澀、一些彷徨，一些大膽卻遮蓋不了青春的勇敢。有些偏差、有些失落、有些消極，也不能影響那質樸的天真。詩人年少有志，有對宇宙蒼穹與自然的領悟，有初生牛犢的妄想，也有說不明的抱負，但失落與無奈並沒能影響詩人寄情於山水和對美好生活的嚮往。

這部詩集不僅真實的記錄了作者情感成長的歷程，字裡行間也透出作者為人謙和、達觀的人品氣質。作者塵封作品多年卻在此時發表，是為了讓更多的深陷在感情漩渦中的人們不要因為無緣和失戀而難以自拔。作品呈獻給你的有作者的衝動、沉緬、欣喜、迷離、無奈、痛苦和尊重的處理無緣和分離的態度。逝去的歲月已經證明只要真摯付出、真心體會，無論結果怎樣，都不會留下遺憾。

二〇一四年三月三一日

目錄

錯覺

有人說這都是錯覺，
所有的美麗是鏡花水月；
那千紅萬紫的春光，
不過是折射的冰雪。

有人說這都是錯覺，
都只因我太過渴切；
她的溫柔和她的喜悅，

是我自己幻化的蝴蝶。

莫非這都是錯覺，
栩栩如生又瞬間幻滅；
我的感動和我的珍惜，
像無處可依的落葉。

莫非這都是錯覺，
就這樣辜負了一切；
既不曾有相聚，
也無處道離別。

缺少

那夜我在街旁見到妳，
給我一朵盈盈的笑意。
妳挽住我的手慢慢行走，
車水馬龍人來人去。

贈別凡

好幾次我凝望妳的眼睛，
眼中見到熟悉的回憶。
開朗的歡笑仍無情的播散，
妳我都有幾分淒迷。

斜月拉長我們的身影，
時間分開我們的距離，
痴狂與夢幻都成昨日，
到如今我仍是我，妳仍是妳。

分手前我問妳我們中間，

是否缺少什麼東西？
一把將妳擁入懷抱，
送妳一個吻作別離。

戀愛是什麼

展開妳的眉，
露出妳的笑；
眉中有情意，
笑裡有嬌俏。

伸出我的手，
攬住妳的腰；
手中有溫柔，

腰裡有依靠。

風兒陣陣吹，
心兒怦怦跳；
裙兒微微擺，
髮兒輕輕飄。

處處是飛花，
處處是芳草；
戀愛是什麼，
問你可知道。

雨

如果無邊的雨絲，
是為了天地的新姿，
那何妨把我的眼睫潤濕！

如果不盡的雨點，
是為了再春的花顏，
那姑且任它陰雨連綿！

遇

當雨神偶然停歇哭泣，
含羞的太陽仍然藏匿，
在無限綿延的時空中，
西風不期而遇浮雲；

西風不期而遇浮雲，
是那麼古老的熟悉，

雖然你無聲我無語，
卻是千古如一的默契。

無聲

聽幽谷黃花落，
看滄海明月升；
四季在無聲中變換，
無聲是最好的聲音。

聽心湖波濤起伏，
看眸中星光閃爍；

朱唇欲啟未語時，
無聲是最好的聲音。

聽古書訴說往事，
看蒼穹白雲蒼狗；
在歷史的舞台前，
無聲是最好的聲音。

聽清茶葉片起落，
看香煙冉冉繚繞；
在這遺忘世界的一隅，
無聲是最好的聲音。

賦別

空望故國萬里，等閒花落臨秋。
昨夜小樓燈火，歌舞尚未休，杜鵑忽唱離愁。
玉盞琥珀，是杯中酒波，還是伊人眼波？
斟罷少休，問君此去飄蕩，何處繫歸舟？
無言輕帶素手，望簾外綠水悠悠。
獨立凝眸舊遊，一番春雨更清幽。

跚跚蓮步來遲，依稀花容如舊。
慢說聚中別後，千言萬語，總在眉間心頭。
共指黃昏約聚首，重把芙蓉看夠。
月如鉤，問征馬何在，為君暫留。
馬在此，今宵不煩君憂。
無言輕帶素手，指席間一壺菊酒。

浣溪紗

少年意氣最風流，
上馬文章下馬酒，
關河萬里容易收。

誰信秋風染白頭，
寶刀折盡不封侯，
卻向江海覓蓬洲？

偶感之一

且拋太玄卷，
任朽魚腸兵；
何事平天下？
不解畫麒麟。
王侯終作古，
青史本虛名；
安能擲歲月，

空令美酒横？

偶感之二

我欲入空寂，
暫忘世間情；
能否停歲月，
不必役俗生？
有蕊花終落，
無心月自明。
江湖風波好，

可以寄餘生。

星舞

當夜神拉下了天幕，
繁星萬點，
爬升至最高處。
銀河如一把弦琴，
奏出翩翩慢舞，
我們是必將契合的
雙子星，

等待第一次的接觸。

難忘

怎麼能忘懷，
那長江的浪花白？
白浪裡有千首萬首，
詩人的詠慨。

怎麼能忘懷，
那伊人的手掌白？

白掌裡有千握萬握，
溫柔的期待。

怎麼能忘懷，
那長安的冬雪白？
白雪中有千種萬種，
英雄的氣概。

怎麼能忘懷，
那爹娘的鬢髮白？
白髮裡有千次萬次，

鄉愁的興衰。

怎麼能忘懷，
那皓皓的浮雲白？
白雲中有你我，
蕩蕩的胸懷。

夢真詞

恨相逢不趁東風，
月圓花好春濃，
虛設錦繡，
獨上瑤宮。
能幾番夕照殘紅？
縱是鐵肺石肝，

也難銷磨，
長夜無夢。

江湖

江湖蒼莽何處邊？
極目遠，山連海，雲接天。
千古原一瞬，滄海復桑田。
離合悲歡，何物不塵煙！

江湖今夕明月圓。
棄干戈，化玉帛，忘恩怨。

攜手登華泰，同心許諾言。
頓拋鐵劍，茅舍築桃源。

江湖多險，遍地狼煙。
爭英雄豪氣貫長天。
得意失意，白髮紅顏。
驀然間，回首人盤桓。

江湖一曲千古傳。
白鷺飛，浮雲杳，人不還。
長笛吹落日，晚霞別秋山。

漁歌一唱，天地雪初寒。

（註：這首詞其實是為港劇「天蠶變」的插曲而填的歌詞。）

憂鬱

憂鬱是我的生命，
我的生命中充滿憂鬱；
那天邊的殘霞映入我的瞳孔，
我的瞳孔充滿離別的哀痛。

我不是缺少歡顏笑語，
歡顏笑語像水面的清風；

清風掀起水波洶湧，
洶湧不到海底的潛龍。

潛龍在四海遨遊，
尋覓那座失傳的皇宮；
皇宮中有一切幻想的寄託，
寄託著一片屬於龍的天空。

快樂不能單純的作用，
作用不出心靈的豐隆；
在豐隆沒有同意以前，

常常引來憂愁的嘲弄。

嘲弄是我慣常的享受，
享受那屬於真實的虛空；
虛空中我盲目相信人世的謊言，
說我與憂鬱不再相逢。

小青贈小毛

嫩綠的秧苗，
初綻的情；
交織一片，
夏的原野。

交疊的手，
羞澀的眸；

併肩一季，
長長的午後。

和風相伴楊柳，
輕輕唱起溫柔；
你說，
生生世世相守。

夏天一個個溜走，
模糊了年少的雕鏤；
光陰啊，

不為我們停留。

夜如水，
星依舊；
歲月載不動的，
是我心上的
秋。

(本詩為一位女士所作，為尊重隱私，姑隱其名)

小毛答小青

初綻的秧苗，
嫩綠的情；
勾繪一季，
生命的豐收。

溫熱的手，
晶瑩的眸；

輝映一夜，
小城的閣樓。

朱唇又起和風，
髮絲幻作楊柳；
願溫柔，
生生世世相守。

淚珠一串串溜走，
迸亮了年少的雕鏤；
光陰啊，

此刻也願暫留。

夢如水，
人依舊；
那歲月載不動的，
你心上的秋；
能與我分享一盃否？

山中答問

山中有答問，
松濤流水鳴；
君已訴秋雨，
我亦託白雲。
玄天自有度，
何勞野樵心；
林深百獸晏，
別此含笑行。

李陵答蘇武書

我用一生寫這一封信，
交予你帶給祖國——我的母親；
我在那兒生長，
曾度過燦爛的青春。

請你告訴祖國千秋萬代的心靈，
我也曾是他們中間的一名；

祇因一次錯誤的命運，
永遠離開親愛的家庭。

長江黃河的水我曾啜飲，
熟悉莫過四書五經；
一草一木都有我甜蜜的回憶，
還有那慈母的呵護愛妻的叮嚀。

二十年前帶著一腔壯志豪情，
我率兵遠征單于的王庭；
決心立下大漢的威名，

浴血黃沙奮勇忘生。

一戰復一戰，
用血汗寫下捷音；
一封接著一封，
寬慰祖國焦盼的心。

不料約定的援兵不至，
眼看著噩運將臨；
兇猛的敵人湧來不斷，
而我刀已折盡箭已用盡。

一次次無情的考驗，
一聲聲絕望的悲鳴；
但我振臂一呼創病皆起，
天地垂淚飛鳥也知震驚。

是戰死是投降只有兩種選擇，
我只選擇再見到祖國壯麗的顏色；
如果她能多忍耐一時，
我必有雪恥凱歸的一日。

然而苦心的籌畫成空，

慈母愛妻的魂魄入夢；
我肝膽俱裂呼天搶地，
呼天搶地淹沒入塞北的狂風。

二十年來我像個無家可歸的孤兒，
徘徊在長城——祖國的大門；
我常半夜悄悄的靠近，
忍淚傾聽漢家的歌聲。

我用一生寫這一封信，
交予你帶給祖國——我的情人；

一字一句請她細細的研讀，
一點一滴都是我血淚的結晶。

我把我對她的思慕，
誠懇的託你轉訴；
你千萬帶到不可遺失，
裡面有我千載的相思。

歌

我們來唱一首歌，
一首屬於心靈的歌；
用心去寫　用心去聽，
你願意唱　我願意和。

那起伏的心跳是節奏，
永恆的光陰作弦律；

安靜的像小溪，
悠遠如江河。

我們來聽這首歌，
這首我們共同屬於的歌；
當音符躍動　時空靜止，
我們在歌中溶合。

你心我心

我的心是，
宇宙萬古的黑洞；
所有的物體，
連光線也消失無蹤。
期待期待，
期待她的愛火熊熊；
把我每一寸神經，

狂野的燒痛，
燒痛成亮麗的鮮紅。

妳的心是，
一片青草絨絨；
走過淒雨、走過烈日，
走過無情的嚴冬。
等待等待，
等待那古老的重逢；
看冰霜一片片解凍，
把驚心的翠綠；

再還給永恆溫柔的，
春風。

分手

分手是一句玩笑的悲涼，
不懂得世事的滄桑；
等到你說不出分手的時候，
就再也沒有能相聚的力量。

清溪

是不是戀愛的年齡已經過去，
快樂的代價昂貴無比？
為什麼年輕的臉上沒有笑容，
溫柔的眼中含著憂鬱？

是不是愛情的含義不再單純，
是條件是虛榮還有利益？

妳嫁的是我的事業，
我娶的是妳的家庭。

能不能再梳兩根烏黑的髮辮？
能不能再重回童年的小溪？
看那溪水洗滌凡塵的憂慮，
清澈的水面只有我和妳。

黯淡的青春

對著蒼天，
點一支菸；
蒼天不語，
我也無言。

翻開書本，
一頁洋文；

書上有字，
眼中無神。

時間一秒一秒的過去，
明月一寸一寸的西沉；
拿到的是一紙漂亮的文憑，
遺失的是一場黯淡的青春。

不是一首詩

從來沒寫過一首像樣的詩，
如果題目定的是妳；
從來寫不出內心最深的感受，
寫不出那瘋癲與呆癡。

才發現為妳寫的全不是詩，
對妳哪有寫詩的閒情逸致；

想到妳不是哭就是笑，
文思紊亂靈感全遺失。

怎麼忍心寫好一首關於妳的詩，
從今生直到來世；
妳始終都是我的夢，
不是一首詩。

遠星

我最喜歡晴天的夜晚，
獨自凝望繁星滿天；
其中有一顆最遙遠，
微光照眼若隱若現。

我最喜歡遠星在天，
就像妳迷離的眼；
一眨一眨默默無言，

一丁一點幽深無限。

妳來到我心門的旁邊，
夜夜閃耀著光輝不斷；
那光芒透入我衣衫，
溫暖我心田。

然而妳本屬於另一個空間，
我的懷抱不能讓妳留連；
妳終於離去回到天邊，
依然微光照眼若隱若現。

留學

匈奴未滅何家為，
年華日長事日非；
痛飲黃漿思漢武，
慨聽古調憶毛錐。
千古白雪蘇武志，
萬里黃沙燕然碑；

長城雖老英雄在，
暫時忍耐看鷹飛。

無緒

一點猶豫，
一點不耐，
在無聲無息處熬挨。

一種膽怯，
一種期待，
在不知不覺時綻開。

想用烈日去壓，
壓不住一朝春水澎湃。
想用春風去擋，
擋不了一夜冰雪掩埋。

一點埋怨，
一點無奈，
在浩瀚天地間始終存在。

一種沉默，
一種情懷，
在無常歲月裡任去任來。

睡

沉睡吧孩子，
躺在天地的懷中沉睡吧。
你不再煩心世俗的煩惱，
連夢也拋開不要。

那日月星辰照拂著你安寧的小臉，

那山川大地穩固的讓你依靠，
春風可以吹開你一絲喜悅的微笑，
但你也無懼嚴冬冰風的咆哮。

小鹿可以在你身周安祥的吃草，
鳥兒也能在你左右自由的鳴叫，
露水像情人親吻你的面龐，
浮雲如慈母對你照料。

你可以學魚兒遨遊四海，

你可以像鴻鵠飛上九霄，
然而這一切一切，
你都早已忘掉。

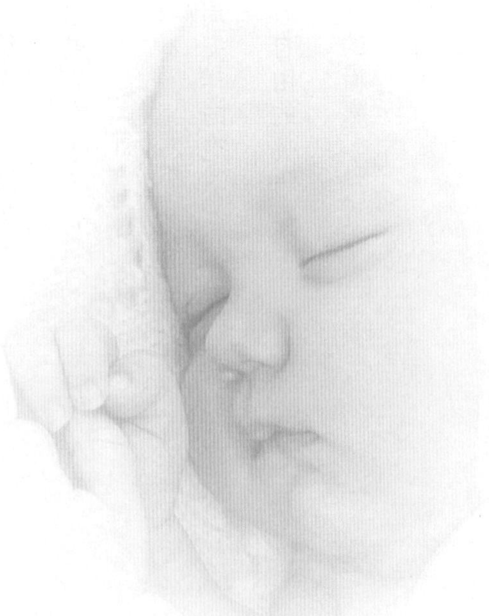

迴夢

最銷魂處我曾逢，
昨夜我再逢夢中；
肯為斯情輕生死，
豈以道里重西東。
一笑一淚皆刻骨，
或聚或散兩心同；
夢醒每惹長相憶，
不堪秋雨又秋風。

何處尋夢

每一個人在世上都有他的方向，
我的方向在哪方？
每一個人都一點小小的理想，
我的理想在何鄉？
每一個人都有他自己的家國，
我的家國在孰邦？
每一個人都喜笑融融，

只有我暗自神傷。

我也曾夢想成功立業，
我也曾夢想四海名揚，
我也曾有過青春歲月，
我也曾有過情豪志壯。

走過了年華如水，
歷盡了雨雪風霜，
我的祖國在淚中消逝，
我的情感在風中飛揚。

飛揚，飛揚，
如落花無處埋葬。
我的心如一葉孤舟，
漂盪在海洋！

九月雨

給我一場九月雨啊九月雨！
酒一樣的九月雨！
那醉酒的滋味是愛情的滋味。

給我一掌海棠紅啊海棠紅！
血一樣的海棠紅！
那熱血的洶湧是思念的洶湧。

給我一片雪花白啊雪花白！
心一樣的雪花白！
那純白的襟懷是少年的襟懷。
給我一朵臘梅香啊臘梅香！
伊人一樣的臘梅香！
那伊人的芬芳是回憶的芬芳。

等待之一

一如這長夜漫漫，
等待我的如蘭；
那反覆演奏的音樂，
沒有別的　只有焦盼。
風輕輕的吹，
可吹的起妳薄薄衣衫？
月柔柔的照，

可照的見妳幽幽眉眼？
槴枝花的芬芳飄來，
可是妳已在不遠？
樹葉沙沙作響，
莫不是妳腳步如蓮？
想妳會穿怎樣的衣款。
帶著希望喜悅像春天，
想妳會紮怎樣的髮式；
變化無窮要眩惑我的愛戀。

異國秋思

異國天地又秋風，
景物雖殊客心同；
離鄉背井重洋外，
羈旅飄泊歲月中。
滿街落葉紛紛舞，
一樹殘陽漸漸紅；
欲向明月問心事，
明月不語但朦朧。

天鈴曲

白雪降兮異國冬，
年華逝兮不復重。
羈旅山川無知己，
飄零天地有飛鴻。
有情總是無情造，
倘非低谷怎高峰。
躍躍吾心思自靜，

願留斯曲贈春風。

想你的夜

聞于台煙「想你的夜」一曲觸感而作

「想你的夜如此纏綿」，
一曲勾起了悠思無限；
彷彿是多年前我對妳默許的誓言，
又像是多年後妳和我相逢的空間。

「想你的夜如此纏綿」，
想起妳臉上火紅的嬌靨，
是一把年輕熾熱的火燄，
燒成了我日後的坎坷連綿。

「想你的夜如此纏綿」，
沒有妳的夜更加愛戀，
有沒有妳，我的愛情已然浮現，
暴露在命運下任雨打風鞭。

「想你的夜如此纏綿」，

等妳的夜如此焦盼；
想妳等妳一遍又一遍何處才是終點，
恰似這歌聲一唱再唱不停的迴旋。

等待之二

且忘了世俗不再提技巧，
留給妳的祇有真誠的懷抱；
妳的慧眼雪亮能看破重重的迷障，
天地要交合哪還計上下四方。

讓妳的眼光穿過我低垂的睫毛，
透過我的瞳孔，停駐我的心坳；

在那裡我們早已熟悉彼此，
千百年前就約定了盟誓相邀。

迸出我們的淚再綻放我們的笑，
山河大地才有了真的依靠；
為妳我也曾千磨百折，
為我妳寧受萬等千熬。

這交會的古曲等誰譜寫？
這金石的緣份怎能終了？
讓我再接近妳一點再接近妳一點，

莫失意莫惆悵我就會來到！

春愁

命運註定了我們不能在此刻相逢，
哪怕此刻正是花好春濃；
山青水綠，照不見成雙儷影，
蜂飛蝶舞，舞不出暖日和風。

我們都知道彼此同心連夢，
夢裡多少回情深淚湧；
這命定的呼喚有誰能夠躲避，

為這不悔的追尋走遍烈暑嚴冬。

我也曾看見妳一雙秀眸怔忡，
妳也曾聽見我一片心潮波動；
那秀眸明亮照澈我靈魂萬遍，
這心潮澎湃捲妳上仙境千重。

何時才能迎接妳走出夜夢？
讓我熱烈的吻和妳歡喜的淚交融；
從此後妳不再是妳，我不再是我，
妳就是我，我就是妳，連時空也要銷溶。

心猿意馬

這一顆老僧的心久塵封在荒廢的寺院，
春夏秋冬四季輪換，
都是寺外的風景，
和我從不相關。
與我相關的只是妳的明眸笑靨，
直到它們現出法相莊嚴；
我才頓悟妳就是我意下的馬、心上的猿，

領我直登淨土彼岸。

佛猿道馬

秦志生評「心猿意馬」

大凡世人皆有所執著。財、色、名、氣、身、情、物、信仰、主義、事業等等，不一而論。世人還喜歡將各種執著歸類。執著於物者譬如錢財、房屋、汽車，被視為低俗；執著於非物者如情、義、信仰、宗教、主義等，則被視為高尚。其實執著本無差別。人生的大智慧、大覺悟無非是通過自覺或非自覺忘我、棄我的途徑取得的。人不能成道是因為妄念太多。能從執著某相到放下萬緣、獨著一念的境界，離大徹大悟就一步之遙。李風詩《心猿意馬》裡的老僧就是這樣一個例子。這個老僧因執著於情而相忘於歲月，直到有一天頓悟「法相莊嚴」，才明白他的執著就是載他到淨土彼岸的猿和馬。

《心猿意馬》是首情詩。可以推斷詩中的老僧在年輕時曾經歷過一段刻骨銘心的愛情。這種情未隨時光流失、歲月輪換而漸漸淡漠。晨鐘暮鼓、青燈古卷，與他相關的只是「她的明眸笑靨」。從世俗的角度來看，這個老僧一直在犯戒。奇妙的事情——這個修行的大敵竟引領著這個犯戒的老僧到達了彼岸淨土。由此類推：滾滾紅塵皆有神性仙緣，營營俗務可成佛猿道馬。

作者通過一首短小的情詩道出這個道理，可稱的上是一個突破。

李風讀《佛猿道馬》有感

好友志生的這篇評論令人叫絕。我對此文的感覺只能用「天才」形容之。之所以說它「天才」有兩個原因：第一是我作詩當時並沒有這麼高的境界——把世俗感情轉化為修佛修道的動力，該詩其實是借用佛教名詞來形容情感，有玩文字遊戲之嫌。而志生卻從平地超拔出這樣的評論，境界遠非該詩可比，只能說是天才。第二個原因是志生所講的理論完全符合事實，《圓覺經》有云：「煩惱即是菩提」。煩惱是成道的障礙，但同時卻也是成道的必要階梯。如果不經煩惱的磨練和考驗，所謂成道是不可能的，那種初生懵懂的清淨是未經考驗，因此無法持續的。只有經過風雪試煉，才能誕生堅毅的梅花。筆者在作該詩的當時雖然並未悟得此理，但後來的確有相同的領會。筆者所有曾經有過感情上的歡愉，到最後都變成折磨筆者的魔障。老子說過：「甚愛必大費，多藏必厚亡」。所得者多，所失也必多。在筆者的《想你的夜》一詩中有兩句：「是一把年輕熾熱的火燄，燒成了我日後的坎坷連綿」。所寫的也正是如此。所以在多年後領會到這些痛苦的來源，其實正是當年的歡樂。苦樂相生，絲毫不爽。一旦覺悟，這些煩惱的歷練就轉而成為修道的動力。

如果究竟來說，不只感情上的痛苦是煩惱，感情上的快樂其實也是煩惱。為什麼？因為它們做的都是同樣的事—搖蕩我的心。當我的心動蕩不安時，它是迷失的、盲目的，而我則成為苦與樂的奴隸，受其牽引和擺佈，不能自主，不能清明，不知道自己在做些什麼。

我在看「梁山伯與祝英台」的電影時曾經有很深的感觸，在祝英台揭露其女兒身的前後，梁山伯的人生是截然不同的。在那之前，他是一個健康而陽光的青年，奮發向上，朝氣蓬勃。而在那之後，他卻有如墮入了地獄，愁苦悲憤，一病不起。我不免會想，為什麼同樣的一個人，在所有客觀條件都沒有什麼改變的情況下，前後是如此的不同，只不過因為知道了祝英台是女的？因為他「心動了」，一旦動心，他不再是一個自由人，而成為他的那個搖蕩的心的奴隸，使他的苦難於焉開始。而這奪去他的性命的浩浩苦難，其實不是別人加給他的，而是他自己的選擇。因為他選擇了放棄主宰自己的心，即使這個選擇是在不經意之下所做，那仍然是他自己的選擇。因為除了他自己，沒有人能強迫他去為祝英台動心。梁山伯在他的有生之年沒有機會覺悟，但是幸運的我有。我知道，我可以主宰自己的心，我可以選擇自由，即使那並不容易，但自由之門永遠在等待著我，不會關閉。

bbs行

行行復行行，
晝夜復陰晴；
吃喝拉撒睡，
喜怒哀樂畏。
七情怎能去，
六欲安得清？
都為無聊故，

Key In到如今！

佛

執佛縛佛非佛理，
去佛忘佛見佛心；
佛法無端隨處在，
七六五四三二一。

思念

思念是一條神秘的小徑，
聯繫著隔絕的兩地；
無論能不能到達，
即使當未曾想起。

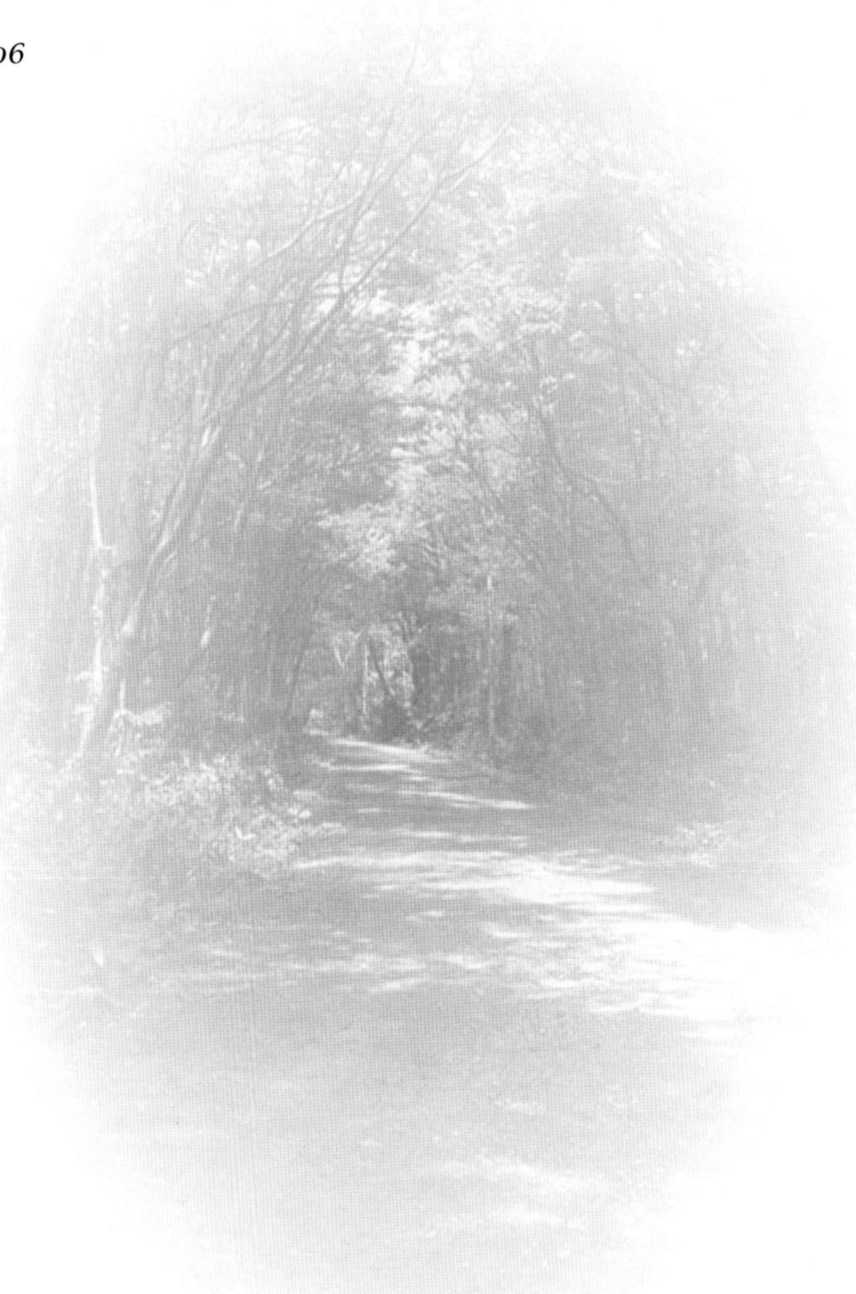

勉

莫憂愁夜黑路難認，
休煩惱雨滑道難行；
慢慢走，
不要驚；
沉住氣，
放寬心；
穿過這片泥濘。

雨已歇，
月將明；
雲更淡，
風正清。

所以，
慢慢走；
不要驚，
沉住氣；
放寬心，

穿過這片泥濘；
攜手迎向光明。

迷惘

那天我們相約在咖啡廳午餐，
陽光如此燦爛，像是照著我的情感；
我們的對話平淡無奇，
雖已走在有情的開端。

妳送我兩袋咖啡說知道我喜歡，
牽動我內心的感動與交戰；

看見它就像看見妳的溫柔，
無從迴避又不敢靠近，是這樣的難堪。

妳細心的探問那道謎題的答案，
終於來了這遲早要來的考驗；
妳平靜的外表下是否正起伏著波瀾？
妳停下不食是否也與此有關？

不顧這絕望我勇敢的對妳說，
想請妳一起去遊大屯山；
其實我是請妳就此中止我的夢幻，

就讓我面對，無論有多難。

然而妳只是臉頰飛紅，笑容比花更嬌豔，
不曾接受也沒有說不願；
在那一刻我不由嘆息，
只要看著妳的笑靨並不須要多言。

我抄下一首叫「缺少」的詩送給妳，
雖然寫在過去卻彈奏我此時的心弦；
妳懂或不懂我無從猜測，
只是單純的想表達出那一份傷感。

一小時的會面剎那間已成回憶，
在回憶裡分不清過去還是目前；
相聚總有盡頭但有一件事不會中斷，
傲然的超越世俗與時空的界限。

是第一次或許也是最後一次，
能共享只屬於妳我的午餐；
又將會是一個空虛又充實的週末，
這若虛若實令人低迴又盤桓。

從今後我會怎樣面對妳，

冷淡遙遠想必如往常一般；
假裝著一切都未曾發生，
但未曾發生是否也不會有終點？

什麼是應該什麼是不該，我最近常常想，
我只想保護這秘密到永遠；
如果我錯了請妳原諒，
原諒我已失落而惘然。

偶拾

人生過處當何似，
當似年年雪泥融；
泥上偶曾留鴻爪，
雪融不復憶前冬。

敬亭山

不因無人去，
不因有人來；
唯以鐘靈秀，
亙古長存在。
紅日依松柏，
清雨潤塵埃；
我與敬亭山，

兩忘心自白。

不敢問芳名

棉開學府路，
雨落新竹城；
偶過街沿店，
未期遇佳人。
牡丹洗春雨，
玉蓮出泥塵；
思之不能忘，

未敢問芳名。

花非花

花方開，
雲欲曙；
青山秀，
粉蝶舞；
殘月微星掛天幕，
不耐金光相催促。

花易凋，
天易暮；
人猶在，
心莫屬；
眼亮膚白點唇朱，
一盆朝雨洗輕霧！

（以下為白居易詞）
花非花，
霧非霧。
夜半來，

天明去。
來如春夢不多時，
去似朝雨無覓處。

秋囈

秋色連天起，
鴻雁各南飛；
與君少年時，
豪歌乾酒杯。

幾度秋輕去，
關山遠相違；
青春能幾何？

望月驟生悲。

長城隔大漠，
胡馬欲南歸；
黃河逐歲月，
逝者不能回。

美人懷情意，
深閨空徘徊；
名馬思良主，
長嘶裂腑肺。

大旗對旭日，
蟄虎奮其威；
銀河跨天過，
聲勢何巍巍！

我亦有豪情，
與君比翼飛；
踏雲遊宇宙，
直扣廣寒扉。

莊生共蝶舞，
滄海明珠淚；
百世共一聚，
千秋只一回。

品酒想古人，
微笑把君臂；
莫負三生緣，
何惜英雄淚！

知音

人生最貴是知音，
歡樂哀楚有誰聽？
林經百代猶結綠，
雁度千嶺尚成群。
唐皇落落蓬山意，
漢帝娓娓嚴子情；
車馬衣裘何足貴？
一取真心相共鳴。

羈旅

負笈他里行，
秋樹何青青？
落日當昏霧，
倦鳥正悲鳴。
羈旅無人曉，
孤抱有天聽；
借問風塵客，

錦衣何處尋？

颱風

一夜大風生海洋，
鼓波捲浪動八荒。
千潯古洞蛟龍醒，
萬仞高崗猛虎狂。
蝮蛇狐鼠皆匿首，
妖孽鬼魅盡銷亡。
百年污垢滌蕩盡，

又見旭日出東方。

愛在不能愛時

在一段不能有愛的時間，
在一處不能有愛的地點；
在一個不能愛上的人前，
嘗試著偷偷愛上一點點。

凝望這不能久留的笑靨，
疼惜這即將成幻的容顏；
享受這曇花一現的激情，

品嚐這似真似假的甘甜。

這一切都是愛的象徵，
這一切都是愛的語言；
雖然只是短暫的假象，
仍然甘心受它的欺騙。

明知很快就要告別，
在那終必到來的時間；
但我願用全副的真心，
愛你在未分手之前。

不是

那不是一朵白蘭，
在荒野佇立；
從羞怯中吐露，
春天的驚喜。

那不是一身倩影，
在人群亮麗；

吸引住過往，
眼波的匯集。

那只是一段回憶，
從心湖搖起；
散開成一圈，
遠去的漣漪。

聞聯考錄取

秋風傳喜訊，
迎面解愁顏；
對此應酬飲，
舉杯竟忘言！

月

明月皎皎出東山，
望似有情亦無情。
有情人望有情月，
無情人望月無情。
月若無情何長在？
月若有情何無聲？
沉默無言照寰宇，

照澈古人今人心。

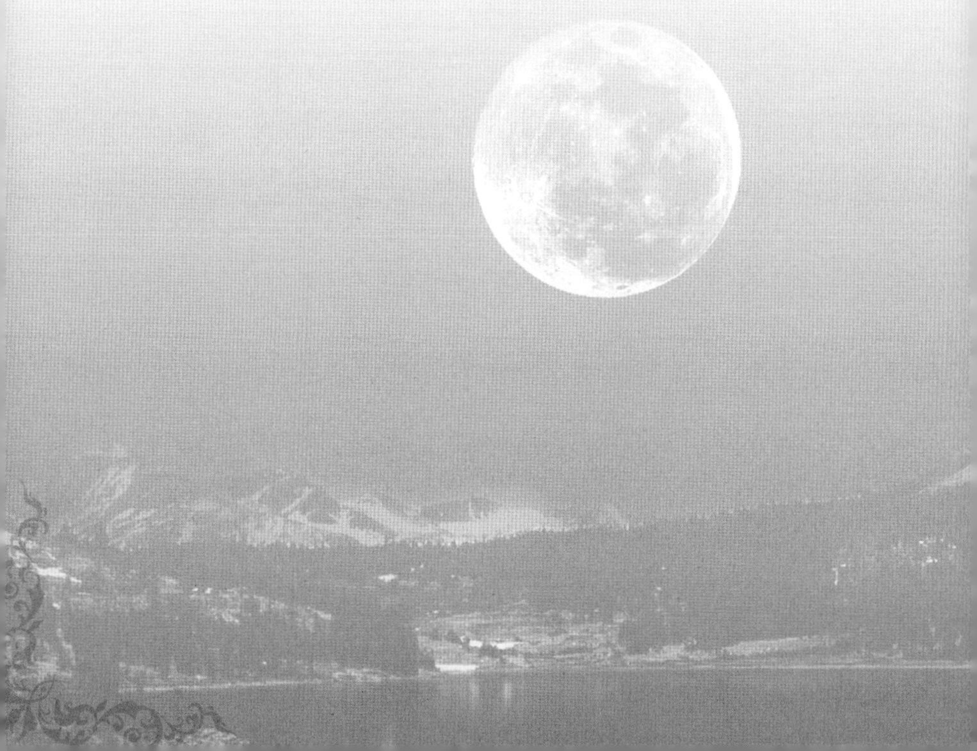

自由歌

何必求人假？
何必冀人知？
我亦自由民，
無爾豈為失？
朝與日同出，
夕隨明月歸；
山青流水秀，

足此復何為？

從軍

身著軍衣從軍行，
大學之夢已無音。
繽紛亂舞春花草，
併隨秋風付凋零。
雪夜寒燈一面壁，
黑山白雲幾重深。
從此大江水自去，

旭日初起聞雞聲。

漂泊

深山無人到，
白雲空自飛。
才緣嶺下過，
又向天際回。
蒼天不可問，
往日不可追。
漂泊二十載，

飲酒三千杯。

送友人赴金門

今夜君別去，
相逢指來年；
月升惜雙影，
歌落恨聲單。
酒輕人不醉，
風勁曲增寒；
舉頭望海上，

煙波正飄然。

填不滿的空虛

若有意似無情就是妳堅持的神秘，
似無情若有意也是我可選的唯一；
妳是那樣膽怯而小心翼翼，
我是這樣恐懼也亦步亦趨。

我們若無其事保持著遙遠的距離，
封藏起各自心中的秘密；

保障著一切安全無虞，
也阻攔著這填不滿的空虛。

問

誰能一飛上九天，
九天踏雲攬明月；
忘卻凡塵人間，
聽龍吟虎嘯，
看浩緲雲煙。

誰能拔劍除妖氛，

除妖立蓋世勛名；
勛名本如糞土，
不平故爾義憤，
哪怕碎骨粉身。

誰能豪飲長歌，
揮灑一篇留傳；
閉門讀書，
不管民疾世亂，
酒中便是神仙。

詠

戚繼光

虛負千里志，
實懷百年憂；
胸中強國策，
麾下冠軍侯。
海上波已靖，
塞北雲未收；
能否騎白馬，

再上薊城頭。

嘆

誰看美服華車，
一襲布衣擁清風；
誰聽閒言冷語，
几明窗淨書滿籠。
蛙鳴猶勝管弦，
明月常語青松；
洒墨為舞。

無喧無譁，
煮茶作酒；
且香且濃，
謝浮宴浪友。
交知已足中，
卻心機權術；
與自然相同，
身仍在而非我。
雖富貴兮何鍾，
虎離山而入柙；
縱威武而何用。

嘆身不由主，
浮沉人世；
覓桃源兮安逢。

秋波

誰是世間有福兒，
能得美人深垂青；
愁刀恨劍齊撒手，
扶搖直上千層雲。
素巾素袍攜素手，
秋波秋月伴秋聲；
萬里江山知非重，

富貴榮華從此輕。
笑看白鵝翻碧浪，
醉聽西風吟松林；
是非成敗不到此，
江湖之畔有天庭。

姻緣

青天無雲空，
碧樹有風冬；
正是初寒日，
閒情有所鍾。
伊人別嬌客，
曾留髮帶紅；
姻緣由天定，
人心何足重！

江山

江山陳舊物，
新人攬跡處；
忽憶長干行，
淚灑烏江浦。
是非水中影，
成敗波上浮；
令我摧壯志，

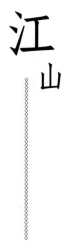

疾歸不敢駐。

尋歡行

尋歡莫踟躕，
且任拂袖舞；
昨日憂與愁，
拋與水東流。
左移步，
右旋扭，
按班來，

覓神幽。
知君心中樂，
樂可忘西蜀；
丈夫當豪笑，
盡解千朝苦。
美人面如玉，
霓燈似北斗；
汗濕羅帶解，
不旦舞不休。
今宵樂，
樂何如？

且尋歡，
莫踟躕。

白雲

雲啊雲，
我要作一片自在的白雲，
飄浮在高高的藍天。
我不羨慕英雄的傲氣，
也不責怪人間的不平，
只願悠悠的在高空迴旋。
雲啊雲，

雖然我不是一片白雲，
滄海桑田改變不了我對你的嚮往和思念，
縱使有耀眼的財寶和帝王的金冠，
我也不會眨一眨雙眼。
雲啊雲，
我要作一片自在的白雲！
隨著你靜靜地來、悄悄地去，
不受萬物的在意；
倘若遇到那過往的飛鳥，
也不告訴他，我的姓名。

秋思

西風海上來，
吹春過極峰；
庭中飛花落，
窗外暮天紅。
常從楓下過，
愛臨碧湖東；
喜見水波湧，

悵聽林上風。
始著棉布衣，
才覺露寒重；
提筆書問候，
相思增幾重。

邂逅

不要問我家住何方，
也不要問我能停多久；
在生命開始以前我不存在，
在生命結束以後我不存留。

不必介意過去的苦惱，
不須掛念將來的憂愁；

因為疑問將隨風而逝，
在未及找到答案的時候。

人生好比預定的河道，
我們只能隨波逐流；
縱使邂逅只有剎那，
也是我的萬世千秋。

問答

鏡花水月即是緣，
無端回首憶當年；
巧盼如詩君記否？
美景如畫竟成煙！

本來萬象無恆住，
難使流雲守山川；

歡悲笑淚總相因，
因果循環數歷然。

其發如春百花長，
其謝似秋萬物殘；
若始無春秋不至，
若後無秋春不前。

春秋並息歸無始，
苦樂都拋入涅盤；
涅盤照見紅塵妄，

不由悲憫起心田。
尋尋覓覓總是幻，
何時劫盡苦海乾？

無題

（寫於十三歲，生平第一首詩）

寒鑼急鼓古月同，
我隨皇餘到江東；
應是遍嶺黃花葉，
豈未秋意至心中。

國家圖書館出版品預行編目資料

錯覺／李　風 著 --初版--
臺北市：博客思出版事業網：2014.10
ISBN：978-986-5789-26-8

851.486　　　　103012916

當代詩大系 8

錯覺

作　　者：李　風
美　　編：謝杰融
封面設計：謝杰融
執行編輯：張加君
出 版 者：博客思出版事業網
發　　行：博客思出版事業網
地　　址：台北市中正區重慶南路1段121號8樓14
電　　話：(02)2331-1675或(02)2331-1691
傳　　真：(02)2382-6225
E—MAIL：books5w@gmail.com
網路書店：http://bookstv.com.tw/
http://store.pchome.com.tw/yesbooks/
博客來網路書店、博客思網路書店、華文網路書店、三民書局
總 經 銷：成信文化事業股份有限公司
劃撥戶名：蘭臺出版社 帳號：18995335
香港代理：香港聯合零售有限公司
地　　址：香港新界大蒲汀麗路36號中華商務印刷大樓
C&C Building, 36,Ting, Lai, Road, Tai,Po, New,Territories
電　　話：(852)2150-2100　傳真：(852)2356-0735
總 經 銷：廈門外圖集團有限公司
地　　址：廈門市湖裡區悅華路8號4樓
電　　話：86-592-2230177
傳　　真：86-592-5365089
出版日期：2014年 10 月 初版
定　　價：新臺幣 250 元整（平裝）
ISBN：978-986-5789-26-8